神的旨意

Translated to Chinese from the English version of Divine Will

Geetha Ramesh

Ukiyoto Publishing

所有全球出版权归

Ukiyoto Publishing

2024 年出版

内容版权所有 © Geetha Ramesh

ISBN 9789364942782

版权所有。

未经出版商事先许可，不得以任何形式（电子、机械、影印、录音或其他方式）复制、传播或存储本出版物的任何部分。

作者的精神权利已得到维护。

这是一部虚构作品。名称、人物、企业、地点、事件、场所和事件要么是作者想象的产物，要么以虚构的方式使用。与任何实际人物（无论是活着的还是死去的）或实际事件的相似之处纯属巧合。

本书出售时须遵守一项条件，即未经出版商事先同意，不得以任何形式的装订或封面（除出版时的形式外）通过贸易或其他方式出借、转售、出租或以其他方式传播。

www.ukiyoto.com

奉献

本书献给我的祖父 J RAMASAMI，他过着精神生活，看到万物皆有神性

内容

介绍	1
第一章	4
思维过程	4
第 2 章。	10
自我控制。	10
第三章	16
心态稳定	16
第四章	20
依恋与分离	20
第五章	24
输入影响思考。	24
第六章	28
冥想	28
第七章	32
博爱	32
第八章	40
我的个人经历和我的精神之旅	40
第九章	44
斯瓦米·维韦卡南达	44
第十章	47
结论	47

介绍

我向人类同胞致以谦卑的敬意。这本书是对全人类的爱与服务的奉献。

我从小时候起就在思考世界的存在，谁创造了它，以及日夜发生的一切是什么。

甚至在我能够思考周围发生的一切之前，我就被卷入了世俗生活的漩涡。

当时我并不知道，我们所过的生活、所做的每一件事都是预先设计好的。我们内部的一种内部力量已经控制着我们。

我在这个世界上已经度过了六十年的人生。无论我获得了什么知识或经验，我都愿意与大家分享。

现在的生活和五十年前已经不一样了。一方面科学技术不断进步，另一方面暴力和犯罪却不断增加。道德已经堕落。自私取代了牺牲和无私。

虽然我们在各个领域都在谈论全球化，但真正的全球化是思想的统一。我们需要更多真爱。对人类的热爱、慷慨、宽容、耐心和同情。

人类所需要的最基本的东西就是征服自我。当你征服了自我的那一刻，你就成为了自我的主人。世上没有任何力量敢动摇你。

人的一生中必须从小就学会这种对自我的征服。这是任何个人生活的主要基础。

自我又可分为两个：物质层面和精神层面。粗略层面和细微层面。有一种叫做高级自我或神圣自我的东西在统治着我们。

身体层面分为身体生长和身体健康。精神层面由超意识、潜意识和意识三部分组成。无论是身体层面还是精神层面，一切都取决于所获得的输入。思想是任何人生命中的主要种子，是我们生命的基石。我们的命运或因果是基于想法的。与心灵一样，身体也有记忆。就像我们的身体从生到死不断变化一样，我们的思想在一生中也不会保持不变。它一直在变化。随着它的变化，我们的态度、行为、习惯、性格和个性也会发生变化。

但是有一种叫做基础的东西，它对身体的益处比对心灵的益处更大。身体的输入是母亲在怀孕期间吃的食物。因此母亲的角色非常重要。因为她不仅为一个人的身体奠定了基石，也为他的精神结构奠定了基石。

就像我们的身体是基于我们的基因、遗传以及我们摄入的食物、运动和放松而形成的一样，我们的思想也是基于我们的基因和我们给予它的输入而形成的，更进一步说，思想还保留着前世的记忆。

我们的更高自我不过是我们的灵魂，其本质是神圣的。灵魂在进入子宫之前就选择了母亲。在选择子宫的同时，它也选择了自己的命运，即出生在子宫中的后果。

这就是为什么女人作为母亲的角色绝对更为重要。她是一种能量（Shakti）。女人可以承受一切。他们是宽容与耐心的源泉。她就像一根蜡烛，用她的爱照亮世界。女人把全部的精力都浪费在养育孩子和家庭上。

地球上的所有生物都是由积极和消极两种品质组成的。它们是同一枚硬币的两个不同面。

让我们继续阅读正文，其中更加注重的是心态的稳定和自我控制。在控制思想和稳定所有情况之前，必须密切观察思维过程。

本书的大部分思想均基于斯瓦米·维韦卡南达（Swami Vivekananda）和《薄伽梵歌》（Bhagwat Gita）的教义。这些都是印度教自古以来传承下来的教义。我已尽我所能地强调这些教义，以造福这个**时代**的年轻人。

引用我们伟大的印度精神导师斯瓦米·维韦卡南达（Swami Vivekananda）的话"也许我会发现离开我的身体，像扔掉一件废弃的衣服一样把它扔掉是件好事。但我不会停止工作！我将激励世界各地的人们，直到世界认识到自己与上帝合一。"

我感到自己有责任并且有义务与大家分享我从伟大的精神巨人斯瓦米·维韦卡南达那里获得的知识。他收藏了大量知识宝藏，分布在他的各种书籍中。我已尽最大努力将这些知识简明扼要地传达给普通人以便他们能够理解。

第一章
思维过程

*照片由作者拍摄

我们大多数人都认为思想存在于身体内。事实上,情况恰恰相反。身体存在于心灵之中。就像呼吸、空气、光、上帝一样,我们看不到思想。一切伟大而美妙的东西都被看作是一个看不见但更强大的秘密。这就是精彩的超自然游戏。

我们的人体系统也像计算机,我们给予系统的输入就像计算机的程序。主要以食物形式输入的物质不仅注重身体发育,也注重心智发育。心智通过感官从各种来源获取信息。假设一个人失去了所有感官。他又盲又哑又聋。他的思维能行吗?是的,他的头脑仍然清醒。就像身体一样，每个人都有思想。由于我们有思想和思维，所以我们比动物更高级一步。正是思想使人类更加强大。思想造就一个人。你会成为你所想的那样，我们通过感官接收到的所有输入最终都会以想法和印象的形式在我们的脑海中沉淀下来。

我们的大脑储存了历代以来数以百万计的此类印象。在印度教中，这些印象是因果报应的基础。我们的命运本身是由这些印象决定的，包括我们的出生和死亡。

每一秒我们都在不断地激起无数的想法，记录和重新记录。这个过程还在继续。从肉体上来说，我们都是血肉之躯的小岛屿。尽管对于每个人来说，成分都是一样的。在精神层面，我们也都是与我们的思想印象捆绑在一起的小泡沫。但所有泡沫都是同一海洋的一部分。我们都是巨大宇宙的一部分。

虽然基因和我们在子宫中接收到的印象在一定程度上决定了我们的性格、我们的童年以及我们周围的人。我们所遇到的事件、通过感官接收到的输入、我们从婴儿到青年时期所遇到的一切都是思维过程的主要基础。

直到青年时期，思想才如树般成长，而到了中年，它为我们提供了许许多多的经验，供我们在老年时反复咀嚼。

让我们不要成为河流中的一颗鹅卵石，而要成为大海中汹涌的波涛。

*照片由作者拍摄

在我们的一生中，我们会遇到身边各种各样的人。我们生命中的重要人物往往都是多次出生的重复。因此，与人的关系对于塑造我们的命运至关重要。事实上，我们的整个生活都依赖于此。没有人是一座孤岛。尽管我们在身体和精神上是分离的，但我们都是巨大宇宙的一部分。

一群人的总体想法非常重要。它感动了整个国家。它创造了历史。它带来了许多演变和革命。第一次世界大战、第二次世界大战以及流行病就是这种大规模涌动的例子。这是宏观层面的。

即使在微观层面，大众的思考和反应也会将一个人推向他选择的错误道路。例如，一群人（大多数是家庭成员）认为某某没用，某某懒惰，某某流浪汉，某某聪明、漂亮等等。我们可以添加许多这样的短语，但这只会导致个人对自己产生错误的印象。

有些 Z 具有出色的天赋、智慧，甚至品行端正、心地善良，但讽刺的是，他们的不良习惯和行为举止往往会毁掉他们的人生。有些人可能比较愚钝，不太听话和守纪律，但他们的生活会过得很幸福。很多时候，他们可能是同一个子宫所生，由同一个父母抚养长大的孩子，这其中的区别就在这里。

你有没有想过为什么有些人会犯罪？各种犯罪，如谋杀、强奸、爆炸和恐怖主义。而有些人更容易自杀。许多人要么发疯，要么变成精神病患者。一切事物的根源都始于童年本身。社会、父母、老师、朋友、家人、邻里、他们的祖先以基因的形式都应受到指责。探究任何人的历史，一切都可以追溯到他的童年。

人们可能在周围遇到过几种人，积极的人，消极的人，中性的人，圆形人物，即具有各种情绪和态度的人，一切的混合体和扁平人物（他们的积极或消极面都会被突出）。

但是所有的灵魂，无论是积极的人还是消极的人，内心都具有神性。基本上，所有灵魂都是神圣的，它们都是来自同一个宇宙大师的光芒。

灵魂无法被毁灭。事实上，它们也是看不见的。宇宙灵魂之美随处可见。当宇宙灵魂分裂时，个体会经历一段漫长的旅程，耗费数次生命。在每次出生中，意识都会收集某些记忆并将其延续下去。我们存在于这个地球上的目的是为了学习。通过每次出生的经历来学习，直到最终个体灵魂与宇宙灵魂融合。这种普遍学习的主要阶段是心灵及其思想。

情感如思绪之泉涌动。现在情绪就像思想一样，有多种颜色。频繁思考同一个想法会赋予该想法力量和能量。这适用于各种情绪。

尤其是在爱情里，这一点非常明显。两个人，可能相距万里，但两个灵魂之间的交流却如闪电般发生。同样，充满仇恨。一种情绪从一个人传播到另一个人。所有的情绪，无论是消极的还是积极的，都有其自身的力量和振动。

有时，爱这样的积极情感会引发恐惧、嫉妒、占有欲和依恋等消极思想。父母对孩子太过爱，以致于孩子心中充满恐惧。你是否常常注意到母亲们会因为负面恐惧而担心她们的孩子？父亲对儿子的未来持消极态度。这些不必要的想法和恐惧毁了许多人的生活。每当一个人的病情很严重的时候，大多数人都会产生害怕死亡的负面思想。

总是积极思考。如果您确实想帮助他人，请最大限度地发挥您的积极性。对你的孩子抱有积极的看法。这肯定会增强他们的个性和士气。对病人采取积极的想法将会治愈他并使其康复。

毫无疑问，笔比剑更有力量，但头脑和思想更强大。有时候，人的思想会变得如此残忍，为了维护自己的种姓或地位，人们会杀死自己的孩子。

吉塔·拉梅什

*照片由作者拍摄

第 2 章。
自我控制。

在本章中，我们将看到情绪是如何从思想中产生的。一个微小的想法可能会像芥末一样进入我们的脑海。最终，根据我们周围的情况，它会像山或火山一样影响到我们。好的想法总是受欢迎并且是一种福气。任何人如果不对消极思想进行适当的制止和控制，都会毁掉自己的生活。这就是为什么我们看到那么多谋杀、自杀、强奸、爆炸、暴力等等。

您是否认为采取这种消极行动的个人或团体没有意识到其后果？很多时候，他们的内心深处比一般的好人更加善良、心胸宽广。

他们有意或无意地由于环境、人和情况而在心中种下了消极的种子。他们被困在自己搭建的蜘蛛网中，很难出来。

许多犯罪事件，特别是自杀事件，并不是在某个晴朗的日子突然发生的。这些都是多年来在他们心中积累的消极的仙人掌和杂草。

从根本上来说，消极情绪只是一群人兴致勃勃、津津有味地诽谤他人的生活故事。宏观层面，就是战争本身。

我个人认为，猪流感、新冠病毒等流行病的频繁爆发是人们多年来内心积累的负面印象的总和。过去它曾爆发过战争，如第一次世界大战和第二次世界大战。

您认为战争的根本原因是什么？从根本上讲，它是贪婪、嫉妒、自私、仇恨和恐惧。

甚至动物也不会像人类那样下降到这样的水平。我们必须培养控制自我的艺术。如今，女性参与谋杀、绑架等犯罪活动的人数也有所增加。最近有新闻报道称，卡纳塔克邦一名妇女谋杀了自己 4 岁的儿子，以便不让他见到他的父亲。这是嫉妒和自私的极致。

虽然许多人是罪犯，但并不意味着其他人就是圣人。所有灵魂都必须经过几个阶段才能最终获得启迪并与宇宙意识融合。就好比一条河流要穿过好几座高山和深坑，才能汇入大海。身体从婴儿期到老年期要经历几个阶段。在身体成长的过程中，心智和个体意识要经历一段漫长的旅程。每一个灵魂都会经历各种各样的特征，不仅在一次出生中，而是在多次出生中。我们就像舞台上表演的演员。因此，世界舞台上没有什么是永恒的。一个穷人来世也许会变得富有。一个乞丐前世可能变成了百万富翁，一个美丽的女人前两世可能变成了丑小鸭。一个罪犯，甚至一个强奸犯，在他的前世可能是一个圣人。没有什么是永恒的

一旦上述真理深入人心，许多问题就能迎刃而解。即使国家和国际层面的重大问题也可以解决。

除非我们在潜意识层面上认识到普遍真理，否则就无法实现个人层面的自我控制。

只需记住几件事。

死亡是肯定的。所有出生的人都会死去。尽管死亡是必然的，但死亡时间却并不确定。任何人都不拥有所有权。我们所拥有的一切，如财富、健康、地位、种姓、教育都是暂时的，会在你死去的那一刻消失。唯有死亡才是真理。其余的都是舞台表演。没有什么好与坏、正与反、乐与悲、盈与亏、寒与暑。它们都是每个人在这个地球上都必须经历的变化的模式。我们来此学习，愿我们死时仍带着知识。

最好的知识就是了解我们自己。一位国王也许征服了多个王国，但如果他没有征服自己，他就不是真正的战士。自我控制不仅在于平衡自己的思想和情感，还在于克服自然倾向的能力。每次你成功地摆脱某种情绪，你就会变得更强大。想想这是上帝对你的意志力的考验。当思想就像种子时，情绪和感觉就像隐藏的植物，会在任何适当的情况下发芽。以平衡的思想和情

感胜利地面对这些情况，而不会造成太多的混乱或伤害，可以使你的意志变得更加强大。意志坚强、实力强大的人越多，社会和国家就越美好。

但这并不意味着世界应该充满玫瑰而没有荆棘。所有的玫瑰都必定带刺。如果没有困难和消极情绪，生活将会是什么样子？这会变得非常无聊，就像一部没有反派的电影。

基本上，以下是任何个人都会产生的主要负面情绪。恐惧、自我、欲望、嫉妒、自私、仇恨、情欲、贪婪、愤怒、懒惰、不宽容、不耐烦、冲动、怀疑和狂热。恐惧是所有生物与生俱来的特质。其本质是本能的和即时的。除了狂热和自我之外，上述所有情感在人类和动物中都是共同的。区别在哪里呢？所有上述情绪都会存在于所有个体中。根据情况克服感觉的方式会给您的生活带来和谐与平衡。你接触的人和事越多，你就越容易陷入上述负面情绪中。就像一个战士，你必须把一切视为挑战。

让我们讨论一下我们的主要敌人——恐惧。尽管恐惧对于动物来说都是常见的，但它们只有一种恐惧，那就是死亡。但是人类对死亡、疾病、婚姻、离婚、工作、人的恐惧、对失去某人或某物的恐惧、侮辱、对失去的恐惧、与仇恨相关的对猫、狗、蛇、蜥蜴、蟑螂的恐惧、对失败、黑暗、黑魔法、敌人、强盗、恐怖主义等的恐惧。

对死亡和疾病的恐惧是自然的，并不由我们控制。但其他类型的恐惧是可以消除的。你越消除这种恐惧，你就会变得越自信。恐惧是我们所能面临的最大挑战。比如，如果有人有舞台恐惧症，他可以故意登台表演。他做的越多，他的恐惧就越消除。

我们也可以针对其他情绪做类似的练习。逃避任何问题都不是解决办法。除非你从那种特定的情绪中解脱出来，否则大自然会让你面对问题。但这并不意味着人们应该接触老虎和蛇。我们应该保持心态，时刻准备面对一切，永远不要惊慌。在生活中学会自我控制的教训非常重要。某些事件、同一类人会在我们的生活中不断重复出现，因为我们的思想通过频繁地朝一个方向思考而充满活力。我们还不够成熟，无法成功摆脱类似的困境。甚至可能需要一生的时间来学习它。

自我就是对自己评价过高。地球上的一切生物都是平等的，特别是人类。我们是由相同的成分构成的。太看重自己只是愚蠢而已。在这一生中，有人可能会成为乞丐。他可能在来世成为国王，而黑人可能在来世生为白人。一个罪犯在来世可能会成为圣人。婆罗门在其前世可能是首陀罗。美丽的女人前世也许只是一只丑小鸭，一切都是暂时的，都有时间的限制。没有什么值得骄傲的。无论我们取得什么成就，都离不开大自然的恩赐。

现在说到欲望，人类的欲望非常浩瀚如海。这是没有限制的。就像思想一样，欲望会随着年龄的增长而变化，有时甚至会因月份和人而异。就欲望而言，我们最好分析和观察自己。凡不害人、不害己的欲望都是可以实现的。

当你急于改变自己、控制自己时，你永远不会压抑自己的自然冲动、思想和行为。压制只会导致侵略。任何思想或情感的自然流动都只是让它流动。

你并不是一个思维模式的孤岛。您始终是公共思想流的一部分。你周围普遍的思维模式肯定会对你产生影响。就如同常见的天气一样。你是否注意到，在教室或办公室里，当一个人心情忧郁时，他会将这种情绪传染给整个房间？一旦有笑声，整个地方就充满了欢乐。

现在回到欲望。如果任何欲望不受控制，它就会变成一种瘾。对咖啡或酒的渴望使一个人成为咖啡瘾君子或酒鬼。上瘾常常会夺去人的性命。一旦我们成为某种习惯的受害者，就很难摆脱它。在下定决心戒掉这个习惯之前，我们必须坐下来，分析并咨询自己。即便如此，也可能需要花费数年的时间才能改掉这个习惯。一种方法是逐步减少。假设我们每天喝 6 杯咖啡。我们可以逐渐将其从 5、4、3、2 降低。

当你将其减少到一杯咖啡时，可能需要更多的时间来消除。除非你警告自己它会对你的健康造成后果，否则很难停止喝这杯咖啡。或者有另一种方法，用一些健康饮料或汤等代替咖啡。

早上起得晚或者决心要锻炼身体、冥想是人们普遍面临的常见缺点。只有树立坚定的目标，你才能摆脱这些不利因素。

为了消除狂热以外的其他负面情绪，我们必须刻意地通过创造嫉妒、仇恨、自私等情境来考验自己。但在此之前我们要做好心理准备。通过增强我们的意志，我们就能胜利地摆脱这些困境。我们必须学会更加无私。无私是一种非常崇高、高尚的品质，它不仅开阔我们的心胸，坚定我们的意志，而且使我们具有普世价值。通过无私和牺牲，我们更加接近自然、更加接近创造本身。我们的本质变得普遍。

今天，我们越来越需要普遍的爱和普遍的责任。人们忘记了这样一个普遍真理：我们都是同一个宇宙的不同组成部分，既在粗糙和精细的层面上，又在物质和精神的层面上。除非我们有意识地记住这一点，否则我们就无法在日常生活中实践它。需要有意识且定期的练习。

近来人们变得更加狂热和具有争议性。一个民族、一个宗教、一个国家、一个政党、一个种姓等等内部都有群体和宗族。如果你选取任何一个小实体或 4 或 5 个人，你都会发现其中有两组。狂热是自我的延伸形式。从根本上消除狂热主义对所有国家都有好处。

即使我们一整天都处于平衡状态，当出现紧急状况时，我们也会根据潜意识中储存的情绪做出反应。下一章我们来讨论一下心灵的稳定性。

*照片由作者拍摄

第三章
心态稳定

*照片由作者拍摄

当我们谈论心理稳定时,我们不应忘记一个生物学原因,那就是激素的分泌。激素在我们的行为模式中起着重要作用。我们的思维模式可能基于我们的内部和外部知识,但行为主要取决于生物因素。

一个人可能内心非常善良，受过良好的教育并且基本上自我控制，但如果由于荷尔蒙变化或健康问题导致身体内部出现紊乱，他很可能会变得沮丧和愤怒。他可能会突然勃然大怒并且变得脾气暴躁。有时人们会因为酷暑而烦躁，又会因为冬天而懒惰。

尤其是女性，会出现一种称为经前紧张的症状。由于体内的化学变化，女性会变得好斗、好争吵，有时甚至会变得暴力，甚至好色。

如果心态稳定，大多数离婚率就可以减少。心态稳定不同于自我控制。心态稳定决定了我们对于任何特定情况的反应。任何人的内心变化，都只有当他的信仰、观点、态度和内心的信息存储发生巨大的变化时才能实现。信息内部存储的改变是不可能的，因为这个过程是从婴儿时期发生的。随着信息的增加，只有信念、观点和态度能够改变。世界就像一片森林，充满着荆棘、野兽和其他自然灾害。你无法改变世界，如果你想受到保护，你就必须谨慎行事。但过着舒适而世俗的生活并不能达到目的。成为 100% 的清教徒就像是一堵墙或木头。生命在地球上就是实验性的。您已体验过生活的多种色彩和戏剧。最好是在行动过程中犯错并吸取教训，而不是像石头一样坐着，既不采取行动，也没有任何情感。因此，你在这个世界上的经历以及你如何面对生活中的情况和人更为重要。你的思想是一切事物发生的主要游乐场或舞台。我们可能会感觉到很多事情发生在物质层面或外部世界，但真正的戏剧或游戏正在内心进行。心智是接收所有印象并命令身体做出相应行动的一个阶段。

在生命的尽头，你会意识到一切都发生得如此之快，就像一场梦，只留下回忆。很多时候，犯错误或罪孽的人并不是无辜或无知的人，而是非常聪明和博学的人。生命尽头时后悔是没有用的。

如果我们想要实现心灵的稳定，自我观察和反省非常重要。时刻观察自己的内心。它的思维过程是怎样的？必须观察大脑对特定情况的反应，行为何时发生变化以及在什么情况下发生变化。对于任何个人来说，这些都比他们沉迷于世俗的娱乐更为重要。您是否注意到，您脑海中大多数重要的思绪波动都源于您的童年。您转变为更好的人主要取决于自我观察、反省、质问、分析和净化。

通过分析我们自己，我们可以绘制出我们人生的完整图表。我们的优点和缺点是什么？我们的信仰和态度是什么？我们的目标和成就是什么？我们的成功和失败是什么？任何人都有三张不同的照片。他究竟是什么样的人，他究竟想成为什么样的人，人们又是如何看待他的。最好将三者合二为一。

列出你所有的缺点和优点。您这一生到底想要实现什么目标？最好有个目标。没有目标，生活就没有目的。有一个目标并对这个目标做出承诺。如果你对自己崇高而积极的目标有着真诚的承诺，就不需要谈论自我控制或心态稳定。您的目标和承诺将使一切顺利。通过对目标的坚定承诺，您应该在每天的潜意识过程中不断意识到这一点。不要让拖延和推迟妨碍你的目标实现。但不要定太大的目标。比如说，如果一个人跛脚，他能不能想到登山？目标应该在你的能力和理解范围内。梦想远大，志存高远。这本身就会消除你所有的消极情绪。了解自己并决定你的生活目的和目标。

在实现目标之后，对大自然表示感激非常重要。在实现目标之前，形象化目标很重要。祈祷确实有助于实现目标，尤其是清晨是祈祷和想象的最佳时间。即使在人生旅途中偏离了道路，也没关系。您随时可以回来重新开始。毕竟，生活就是一场游戏。不要把事情看得太严重，以致于因为一点点刺激就结束自己的生命。

你对待生活的态度更重要。人分为三种：积极的人，他们在一切事物中都看到积极的一面，他们是乐观主义者；悲观的人，看到一切事物消极的一面；中立的人，随遇而安。还有一些人活着只是为了给别人留下深刻印象。他们所做的一切都取决于别人对他们的看法。有些人有自己的信仰和观点，独立生活。其中大部分是由社会规范和习俗决定的。有些人希望无论做什么都做到完美。他们是完美主义者，有些人是天生的批评家，还有一些人是热衷于讨论他人的八卦者。

在实现我们的目标时，主要的障碍之一可能是恐惧。一旦克服了这种恐惧，你就能获得成功。下一个障碍可能是怀疑。然后是社会对我们的影响，社会制定的规章制度，可能会阻碍我们的发展。

特别是印度女性，在过去的五十年里，为了实现自己的目标，她们经历了许多这样的障碍。印度女性发生了巨大的变化。他们中的大多数人通过推动这个国家走向更美好的未来实现了自己的目标。我们打破了许多社会弊病的枷锁，比如嫁妆、童婚、Sati，庙妓制度。来自农村的每一位妇女都已经变得独立并开始自己赚取收入，Nair Shakti 或女性能量只不过是通过自我控制和心灵稳定而获得的力量。我们越能控制自己、越稳定，我们就会获得越多的神圣能量和意志力。

不要设定太多目标，因为这样会难以集中注意力。每次只设定一个目标就能集中注意力。我们要留意路径，然后就会自动到达终点。专注于过程的完美，便能抵达终点。

第四章
依恋与分离

*照片由作者拍摄

许多因素造成人类思想和行为的失衡。在任何情况下都能保持稳定,哪怕受到挑衅,也是一种伟大的自我控制。虽然大部分的情绪都是由思想的积累而产生的,但在外部因素中,有一个方面不容忽视,那就是我们对自己身体、家庭、国家、种姓、宗教、朋友、财产等等的依恋,不胜枚举。

尽管我们大多数人都知道这个世界不是永恒的，我们与人和物的关系本质上也是暂时的，但我们仍然发现很难摆脱与亲人的联系。我们的执着如此之深，以至于它是我们一切行为的基础。此附件无法被忽略。

然后，我们开始执着于自己的身体和它的美丽。每个人都爱自己胜过一切，这是事实。当我们受到别人指责或攻击时，我们难道不会为自己辩护吗？即使到了老年，我们难道不会美化自己吗？难道我们不是真的爱自己吗？过分爱自己只会带来自负和虚荣，如果没有这些，我们就会变得脚踏实地。即使在临终之际，当我们濒临死亡时，我们的心仍然会时不时地想念我们的亲人。

就像在上一章中一样，我们讨论了一个普遍的真理，那就是死亡。这里让我们看看另一个事实，那就是，你拥有的一切东西，你周围的所有人，你拥有的所有品质或挑战本质上也都是暂时的。没有什么可以陪你到最后。你自己的身体只不过是你自己的容器而已。如果你死了，那运动就会被毁掉。那么为什么会对世俗的事物和人产生这种依恋和分离呢？大自然的主宰者有着伟大的计划，那就是从命运的游戏中取得胜利。

斯瓦米·维韦卡南达有一句很美的名言

"只有人类才能充分利用自然，因为人类既能用尽全力将自己紧紧地依附于某件事物，又能在必要时将自己抽离出来。"

尽可能使用尽可能多的附件，但在需要时应该能够拆卸。执着是一切快乐的源泉。同样的执着也是我们痛苦的根源。

在真正的爱与幸福中，付出而不求回报。你付出的越多，从大自然得到的也越多。不要为了给予而给予。但出于真诚的爱，无条件的爱。母亲是真爱的第一个典范。从怀孕开始，她就以无条件的爱哺育子宫里的孩子。她像一台机器一样为她的整个家庭工作，没有任何期望。印度女人的爱是无与伦比的。

在印度教中，获得救赎的一种方法是通过工作或职责。这条道路被称为业瑜伽，我们应该全力以赴、尽善尽美地工作，但要以超脱的态度，不要执着于我们所做事情的结果。它可能成功，也可能失败。如果失败了就不要沮丧，如果成功了就不要得意忘形。表现出你的奉献精神，使工作变得完美，而不是结果完美。也就是说，全神贯注、无私奉献。与此同时，当需要时，我们应该能够抽身而出。

无私就是自己的拓展。你越无私，你就越能成长。走出封闭的大门，在宇宙中拓展自己。让你的爱无处不在。让你的义务和责任具有普遍性。这就是以超脱的态度去工作。

自私和以自我为中心只会让你的情绪、感觉和意图变得消极。不要对生活中遇到的一切进行反击。即使在动荡之中也要保持冷静、镇定和自制，需要超强的神力。我们将这种态度称为超脱态度。

除非我们让自己受到影响，否则什么事都不会发生在我们身上。这也包括疾病。我们为自己所面临的一切铺平道路，这不应责怪任何人。根本原因或者说种子首先种在我们的心中。

我们总是发牢骚、抱怨。我们无法控制自己的思想和行为。如果我们能够从根本上控制自己的思想，许多不幸的事情就可以避免。始终意识到普遍真理，那么你的意图、态度和行动自然就会反映出来。我们所拥有的一切都不是永恒的。事实上，我们不会保住自己的身体直到生命的尽头。身体只不过是一个容器，我们将被安置在其中。那么，美貌、财富、地位、身份、教育、种姓、宗教、干部等等又何须多言呢？

以超然的态度工作并不意味着对同胞没有任何爱或同情。事实上，你必须对一切众生，包括动物，怀有真挚的爱，但没有任何占有欲，中立地爱每一个人，没有任何偏见。热爱你的工作、人和事物，但要保持超然的态度。爱每一个人，不分种姓、宗教、民族或其他任何分歧，毫无私心。爱是关心、关注、同情、宽容和耐心。特蕾莎修女是无私的爱与同情的典范。甘地、内塔吉等伟大领袖以及罗摩克里希纳·帕拉玛汉萨和斯瓦米·维韦卡南达等精神导师都对同胞怀有普遍的爱。

当你对你爱的人产生依恋时，你就会有期望和占有欲。期望导致痛苦，痛苦又导致占有欲和嫉妒。如果你无私，你就不会期望任何东西。过多的期望和梦想只会让你忘乎所以。当你面临失败时，它会导致痛苦。这是需要注意的非常重要的一点。

痛苦如此深重，甚至有许多人犯下谋杀罪或自杀罪。甚至10岁或12岁的小孩也会因为无法面对失败而自杀。面对生活就好。继续前行，生命的旅途有时通往绿色的牧场和美丽的花园，有时通往黑暗的森林，用超然的心态面对一切，不抱任何期望。

我们对亲朋好友以及财富和财产的依恋给我们带来了很多痛苦，而获取这些财富的欲望又带来了更多的悲伤。

在你的潜意识中永远记住，这个世界不是永恒的。我们在这里只是暂时的停留。没有必要对任何事情表现得过度。继续欢迎发生在你身上的一切。但要以冷静、自控的方式明智地行事。

作为人类，任何人都会被我们周围的各种刺激、美丽和娱乐所吸引，这是很自然的。至少我们大多数人都知道以上段落中给出的普遍真理。想要摆脱世俗的束缚，并不是那么容易的。戏剧。（印度教中称为玛雅）

随着资金流入和吸引力的增加，人们的期望值也随之增加。

当你追逐梦想时，甚至当你陷入玛雅之轮时，不要忘记一个普遍的真理：世界是舞台，你是演员，死亡是调平器。让自己陷入过多的期望和梦想中，只会带来更多的痛苦和悲剧。

第五章
输入影响思考。

因果报应的概念与人类一样古老。在我们进入子宫，也就是我们最初的家园之前，业力就已经输入了。在我们出生之前，我们就决定了我们的母亲，这些输入直到我们死亡，甚至在那之后仍会继续。你现在的许多业力都是你前世的延续。甚至是你在此生中遇到的人，以及一些重要事件或前世的延续。

我们每一生都会与其他众生纠缠不清，并与他们产生进一步的因果。人类就像命运手中的玩具。一个人可能很善良、富有、受过良好教育或长得漂亮，这都是命运的安排。一边是贫穷、犯罪、饥荒等苦难，而另一边却是美丽和富饶。一切都是命运的游戏。所以，我们必须同情那些无助的罪犯和被压迫的人。即使对罪犯怀有同情心，也是一种非常崇高和高尚的思想。<u>憎恨罪恶而不是罪人。</u>

爱你那些陷于贫穷和无知的同胞。除了同情之外，不要忘记对生活中的美好事物向命运表示感激。

人类是如此奇妙的生物。你并不比任何神差。毫无疑问，地球上发生过奇迹。你的思想比你的身体更强大，它给地球带来了革命和创新。

在你的一生中给予自己的投入非常重要。但这并不意味着你应该永远远离邪恶、被善良所包围。就像在思想上和健康上一样，你应该是一个有免疫力的人。免疫面对一切。让我们不要受任何事物的影响。

我们面临着许许多多的外部灾难，而我们面临的更深层、更严重的是来自内部的危险。完美生活，说起来容易做起来难。

当我们谈到投入时，必须特别提到媒体。电视、移动等媒体以其独特的吸引力，尤其是 YouTube、Facebook、WhatsApp、

Twitter 和 Instagram，让每个人都上瘾。这甚至包括上一代人和老年人。如今，这是所有生物的主要输入。人们已经忘记甚至懒得去读书了。五十年前，书籍是受过教育的大众的主要伴侣。

当然，媒体还有更好的一面，它提供更多信息，使人们变得更加聪明，知识渊博。通过谷歌和互联网，您可以获得有关任何主题的知识和信息。您可以了解新地方的路线。你可以坐在家里通过互联网学习。移动设备让整个世界变得一目了然。交流和知识有所增加。越来越多的人变得善于自我表达。媒体赋予了更多的表达和创造自由。

如今的年轻人，你们只是落后了几步而已。要掌握自己，一切都取决于你的下一步。您要转向哪一边？右边导致积极性，左边导致消极性。用自己的大脑来选择正确的道路。在你的生活中设定一个坚定的目标，并在生活中实践以达到这个积极的目标。我所说的受过良好教育、富有或出名并不意味着能够以正确的视角看待生活，分析人和情况，特别是政治，并在我们的方法和思想上做到科学。不受种姓、宗教、地区甚至语言的偏见。不要成为任何基于宗教或种姓的政治领袖的牺牲品。分析你自己，你就是你自己的领导者。

作为人类，人人平等，都有相同的血肉。尊重每一个人，无论他们的性格、地位、宗教甚至过去如何，都认为每个人都具有神性。多多关注你的内心。并培养超凡魅力的个性。

如果历史上在资源有限的情况下带来了如此多的革命，那么当今的年轻人又能带来多大的改变呢？大量的技术和创新带来了所需的活力。整个世界都在你的手中。这就像建造一座寺庙。每种文化都有自己的贡献。每个人都可以为社会或国家的进步作出贡献。

心灵越健康，身体就越健康。当然，身体受到影响也可能有其他原因。即使身体因为不规律的饮食、不良的生活习惯、或外界的污染而受到影响，如果意志力和内在的勇气与力量强大，你就能看透外面的风暴，并且勇敢地面对它。

很多时候，风暴甚至海啸都是从其内部产生的。我们的思想、身体和感官总是在与内在世界和外在世界斗争。当我说内心的挣扎时，我所指的不仅仅是思想上的挣扎。这场斗争是自愿的。这也意味着由于外部习惯而导致内脏器官的斗争。这是非自愿的并且我们不知道。然而，心灵意志力能够极大地影响身体。此外，在疫情期间，许多人靠意志力而不是药物活了下来。当我们谈论健康时，不能忽视食物。摄入适当的食物不仅有益于我们的身体健康，而且还有益于我们的心理健康。

不是每个人都能成为上帝，也不是每个人都能成为恶魔。

我们都是平凡的灵魂，在生命的旅途中缓慢前行。我们的准备应该从孩童时期就开始，并得到父母和老师的支持。接受父母的思想和教条的教育是好的，但是到了一定阶段之后，我们最好独立成长。自由只会带来成长，探索新的想法，并以创造性和创新的方式表达自己。童年是每个人一生中最美好的时期。童年时期的投入是整个人生的基石。一个孩子通过不断地推倒一块石头，凭借自己的经验，成为一个白手起家的人。现在的孩子就像风筝一样。在天空中飞翔，漫无目的地飞行。他们讨厌被建议、被指挥和被批评。他们变得咄咄逼人、傲慢自大。老实说，批评能激发我们最好的一面。与批评我们的人生活在一起总是比与赞扬我们的人生活在一起更好。如果以正确的方式看待批评，它就如同令人大开眼界。

您是否注意到，您越是拒绝孩子，他就越会被您吸引？即使作为成年人，如果有什么限制或禁止，我们也会更加好奇地去了解它。我们对它更感兴趣。这也是毒品、酗酒、卖淫、走私、通奸等犯罪增加的原因之一。

对某件事过度的控制只会使其更有吸引力。为了避免这种情况，首先应该教育自己或孩子，让他们了解沉迷于禁止的习惯将会面临的后果。其次，必须引导他们养成更好的习惯。运动、音乐、阅读、跳舞、游泳等可保持身心健康。美术和体育、园艺、阅读和写作可以增强任何人的个性。

吉塔·拉梅什

*照片由作者拍摄

28　　　　　　　　神的旨意

第六章
冥想

*照片由作者拍摄。

冥想是一种非常古老的技巧。这是一个清除和清除所有积聚的想法的过程。许多人认为冥想不适合他们，因为他们无法长时间坐下并控制自己的思想。你有更多的想法是件好事。就像我们打扫一间脏兮兮的房间时，会清理出很多灰尘一样，同样，在冥想中，所有储存的想法都会被清理出来。事实上，将冥想作为日常练习是非常好的。我建议每个人每天练习两次冥想。它能净化心灵。

最初所有的负面情绪都会爆发出来。愤怒、欲望、贪婪、恐惧、冲动等情绪就会爆发。如果你坚持修行，不断意识到自己的目标和普遍真理，渐渐地你就会成为一个平静的人。

在开始念诵任何咒语之前至少要花几个月的时间坐在一个平静的地方，让思绪自由运转，你只是见证并观察它。当头脑意识到它正在被观察时，思绪就会逐渐减少。我们的行动也可以产生同样的事情。我们可以通过记日记和给自己做标记来持续关注我们的日常行为和情绪。分数用于自我激励和追踪思想和行为过程。尽管我们可能不会立即获得成功，但随着时间的流逝，我们将转变为一个自控且稳定的人。这也可能需要一生的时间，这取决于我们意识中储存的业力。

当你让自己的思绪飞驰时，你会观察自己的呼吸。呼吸的吸入和呼出。这是你的生命力。一旦这一切停止，你的生活就结束了。再进一步，闭上眼睛，你可以将注意力集中在眉毛之间的空间上。通过上述三个步骤，你的思想和情绪就会得到调节，尽管一开始可能会有些混乱。

还有多种其他类型的冥想可以从大师那里学到。吟诵咒语可以让心灵一整天都冷静下来。特别是大声吟诵 OM 至少 15 分钟可以使身心保持平衡。通过每天吟诵 OM，许多坏习惯能够被根除。

在开始念诵任何咒语之前的至少几个月内，先坐在一个平静的地方，让思绪自由驰骋。你只要见证并观察它即可。当头脑意识到你正在被密切观察时，思绪就会减少。我们的行动也可以产生同样的事情。我们可以持续关注我们的日常行为和情绪。我们甚至可以每天追踪我们的进度。尽管我们可能不会立即获得成功，但随着时间的流逝，我们将转变为一个自控且稳定的人。这也可能需要一生的时间，这取决于我们意识中储存的业力。

当你让自己的思绪运转时，你会观察自己的呼吸，观察呼吸的吸入和呼出。这就是你的生命力。一旦停止，你的生命就结束了。更进一步，闭上眼睛，你可以将注意力集中在眉毛之间的空间上。通过上述 3 个步骤，你的思想和情绪就会得到调节，尽管一开始可能会有些混乱。

还有许多其他类型的冥想可以从导师那里学到。冥想的同时吟诵咒语和调息可以让心灵一整天都保持平静与安宁。尤其是大声吟诵 OM 至少 15 分钟可以让身心保持平衡。很多坏习惯。可以通过每天念诵 OM 来消除。

对于这个年龄的人来说，这一切听起来都很荒谬。但大多数人却生活迷茫、迷失方向，没有目标。当他们遇到小小的失败或侮辱时，他们就会采取极端行动，杀死他人或结束自己的生命。他们的情绪和行为不平衡。

除了冥想和唱诵之外，如果您在生活中加入调息和瑜伽，它将会激发出您内在的美好自我。每个人的愿望都是希望自己平静、快乐。当路线清晰的时候，让我们心平气和，思维有规律。有什么比冥想更好的锻炼方式呢？在黎明时分进行的冥想会更有成效。

据帕坦伽利说，他是一位伟大的瑜伽师。上古之主。冥想可以分为3种。第一部分是将思想从摇摆不定的状态集中到一点。这被称为静坐示威。第二部分其实是冥想、禅定。最后一部分是三摩地，通常只有圣人和精神领袖才能达到。在这个阶段，个体意识与宇宙意识合二为一。

一条空心管道贯穿你的脊柱。左边的神经是 Eda，右边的神经是 Pingala。这条空心运河被称为 Sushumna。从脊柱底部到头顶共有 7 个脉轮。随着我们冥想的进步，我们的思想会穿过所有这些脉轮。一旦到达头顶，就达到三摩地了。

此外，通过调息还可以净化心灵。冥想之前进行调息只会增强这一过程。流程如下。首先，需要通过瑜伽和锻炼来调节身体。接下来，必须通过调息或呼吸练习来调节呼吸。然后可以在进入冥想之前通过吟诵 Om 来调节思绪。如果在凌晨 4 点到

6 点之间进行这些操作，效果会更好。清晨的黎明被称为 Brahma Muhurta。此时，我们从宇宙意识中获得神圣能量。您可以从合适的上师那里学到多种调息技巧。

在白天的晚些时候，我们也必须有意识地认识自己，观察、分析自己的举动。所有这些都将帮助我们避免成为世俗诱惑或玛雅的受害者。通过这些过程，可以减少甚至消除诸如贿赂、掺假、上瘾、离婚等犯罪活动。

每个来到这个世界的人都有责任以最好的方式行事，以免扰乱宇宙的平衡。我知道，人皆有犯错之日，但宽恕乃是神圣之举。所有人都容易犯错。只有通过错误我们才能吸取教训。随着每一次经历，我们必须成长和发展，而不是变得阴郁和沮丧。

第七章
博爱

爱是神圣性的最伟大表达。我们爱，因为我们是神圣的。我们都是之前讨论过的宇宙整体的一部分，爱就是不求任何回报。这不是以物易物系统。我们的父母是神圣之爱的最好典范。尤其是母亲，她是牺牲和爱的缩影。

无私并关心他人就是爱。

当我们走出自我，走向下一个人时，这就是爱。我们可以将自我扩展到家庭、街道、城镇、国家乃至整个宇宙，直到我们的爱具有普遍性。

在一切众生、一切生物，甚至动物、昆虫、蛇和老虎中，看到上帝。在我们所做的每一件事中、任何地方都能看到神性，这是印度教的教义。从字面上理解，至少在你生命中的一天，开始在所有众生身上看到上帝。您将会知道它所造成的巨大差异。

有了这种态度，所有消极品质都会消失。您将成为感恩、慷慨、牺牲的源泉，热衷于帮助穷人和受压迫者。贪婪、淫欲等一切基本欲望均会消失。你超越了人或生物的外表。当你看到内在的神性时，你会变得无所畏惧和富有同情心，成为一个具有宽容和耐心的人。

这种普遍的爱将使你承担普遍的责任。你的周围发生了太多不公正的事情。消除犯罪难道不是现代青少年的责任吗？你应该成为吸毒者还是扫除毒品祸害的救世主？无论您是醉汉还是消除威胁的救世主，您都应该是火炬手。每个人活着都有其目的，当你意识到这一点时，你就承担起了普遍的责任。

忘记你自己，忘记你自己的舒适。为别人着想，帮助别人。你越热情地帮助别人，流入的神圣之爱就越多。所有人能做的另一个最大的帮助就是积极思考并心怀感激。积极的想法给予我们力量，消极的想法则让我们变得软弱。

作为人类，我们将自己的思想作为足迹留在后世，也留下我们自己的因果。接受生活本来的样子，不做任何反应。不要管别人在做什么，这是他的因果，他知道如何解决。你可以帮助他，但不能指责他。每个人都有自己的意志和因果，爱你的邻居就像爱自己一样。

在婚姻中，如果伴侣变得无私，并将对方视为神性而为对方而活，离婚的数量就会减少。付出什么，就会得到什么。这不仅适用于夫妻之间，也适用于所有的关系。我们应该接受所有的关系。我们应该站在他们的立场上去了解他们的观点。

到处都蔓延着大量的仇恨和罪恶。人们因种姓和宗教而遭受虐待。人类忘记了自己原本的神性。神性并不存在于寺庙和雕像中。真正的上帝存在于一切生物之中。对人类和神及其他创造物表现出爱与尊重才是真正的虔诚。

由于社会存在这种偏见行为，弱势群体及其子女面临着许多问题。由于宗教观点的差异，许多人在自己的国家被剥夺了言论自由、社会发展和经济发展。由于这一切无辜的年轻人成为纳萨尔派和恐怖主义的受害者，很多时候他们自己也成为了恐怖分子。所有政治和国家领导人都有责任为建设一个每个人都能和谐、安全地生活的美好社会铺平道路。

但哪里有不公正，哪里的人们就必须团结起来，为之奋斗。保持沉默或者抱怨都不是解决办法。失败只是成功的垫脚石。我们应该把每一次侮辱、每一次打击都视为前进的垫脚石。我们应该全力反击；这是《博伽梵歌》中为正义而战的第一课之一。为了真正的事业而奋斗是善业。被压迫者和不公正的受害者不应该被关上门。走出来，在光明中为你的事业而奋斗。你不是一只绵羊，你是一头勇敢的狮子。

尽管妇女在一方面获得了解放和增强权利，但她们在社会上仍然面临许多侮辱和暴力。他们在执行多项任务时面临着巨大的痛苦，并且面临着无处不在的挑战。调戏新娘和强奸新娘的案件日益增多。

由于这一切，越来越多的女性遭受抑郁症和其他心理创伤。近来，一些以宗教和种姓为名针对妇女的令人发指的罪行时有发生。站出来为自己的事业而奋斗是其他人的普遍责任。

宇宙中正在蔓延着太多的负面业力。从长远来看，这将影响一切众生的业力。最近，我们见证了新冠病毒大规模蔓延，这种病毒已经存在了近4到5年。所有国家的经济都受到影响。我们失去了这么多生命。

引用斯瓦米·维韦卡南达（Swami Vivekananda）的一首美丽的诗歌。

安息吧。保持步调一致。

加速前进吧灵魂！沿着你布满星星的道路；

速度很幸福！思想永远自由的地方，

时间和空间不再模糊视野，

愿永恒的和平与祝福伴随着你！

你的服务是真实的，你的牺牲是完整的，

你的家是超然爱的心之所在；

甜蜜的回忆，消灭了所有空间和时间，

像祭坛一样，玫瑰填满了你身后的位置！

你的束缚正在断裂，你的幸福之追求已经找到；

与死亡和生命融为一体；

你乐于助人！世上无私的人

前进！依然用爱来帮助这个纷争的世界！

人类真正的神性是无法理解和衡量的。自古以来这都是一个未解之谜。灵魂是什么，它如何从一次诞生传递到另一次诞生。

所有那些因命运和人而遭受苦难和伤害的人们，请听听斯瓦米·维韦卡南达（Swami Vivekananda）下面写的这首诗。还有希望，不要灰心。

"再坚持一会儿，勇敢的心。"

如果太阳被云遮住一点，

如果天空只显出阴暗，

再坚持一会儿，勇敢的心，

胜利一定会到来。

冬天还没过去，夏天就来了，

每一个凹陷处都波涛汹涌，

他们在光明与阴影中互相推挤；

那么请保持冷静并勇敢。

人生的责任确实艰巨，

而它的快乐转瞬即逝，

目标如此模糊，又如此喧嚣，

然而勇敢地穿过黑暗，

用尽你所有的力量。

任何工作都不会白费，任何奋斗都不会白费，

尽管希望破灭，力量消失；

你的后裔将继承一切，

然后坚持一年勇敢的灵魂，

没有什么好事会被取消

虽然生活中善良、睿智的人不多，

但他们的缰绳却引领着他们，

群众很晚才知道其价值；

不理会任何人并温柔地引导。

和你一起的是那些目光远大的人，

大能的主与你同在，

一切祝福都倾注在伟大的灵魂上

愿你一切顺利！

我们都是平凡的凡人。内部就像一颗尚未长大的树苗。并不是每个人都能达到这样的宏伟程度，正如斯瓦米·维韦卡南达（Swami Vivekananda）所言："我存在于每个人的一切之中。我存在于一切生命之中，我即是宇宙。"也不是每个人都可以追求无限，并为掌握无限而奋斗。作为普通人，我们可以追求纯洁、道德的生活，从而达到完美。作为普通人，我们只要记住上帝或宇宙力量就是我们自己，这就足够了。上帝存在于一切生物之中，只是我们太无知而无法认识真相。我们被玛雅抓住了。玛雅不过是我们自己的欲望和诱惑。当你将神性带入你所见的每个人以及你所做的每件事中时，玛雅和它的魔爪就会被击败。我们的本性是神性。我们都是神圣的存在。要从内心发现神性是生命的实际概念和目的，我们可能会失败很多次。

这也许需要几辈子的时间，不要被打败。继续奋斗、攀登，直至达到神性的巅峰。

我们的大部分精力都用于维护我们的身体和家庭，部分用于影响他人并受他人影响。如今，人们一半以上的时间都用于娱乐和享受。

瑜伽、调息和冥想有助于发展人的内在人格，能够控制自己的人也能够控制他人，因为所有人的思想都是由相同的材料构成的。引用斯瓦米的话

"这个思想是宇宙思想的一部分。每个人的思想都与其他人的思想相连，并且每个思想，无论位于何处，都与整个世界保持着实际的沟通。心灵是普遍的。"

生活中要学到的一个秘密是：灵魂是觉醒的，它充分地工作和爱，但却脱离了一切。我们因为对别人期望过高而陷入困境并感到悲伤。我们用自己的情感和感觉来进行交易。我们对生活期望太高。付出，不求任何回报。不要因为给予而感到难过。快乐地给予每个人，不讨价还价。无私奉献，不断奉献。只有这样，你才能从大自然中获得更多。

没有任何痛苦是无缘无故的。我们

为一切铺平了道路。逃避痛苦和悲伤的人也会逃避快乐。如果说思维模式是一棵树，那么性格就是主干，它分出行为、习惯、举止、态度、信仰和观点。我们的思维模式随着身体的岁月不断成长，主要取决于信仰和观点。信仰和观点塑造态度，进而产生行为、习惯和举止。正如前面所说，我们的命运最终取决于我们头脑中的思想。我再说一遍，不要对自己太骄傲，也不要对自己的不幸命运太悲伤。不要因为您不了解或不具备任何知识而对任何事情进行批评或过于争论。基督有言道。"不要论断人，免得你们被论断。"

引用斯瓦米的话。

"我批评的那个人并不好，但他在某些方面却非常好，而我却不是。"

无论我们爱谁，在背后，我们每个人都投射出自己的理想，并为之而努力。

我们不要让太多的想法和信念变得复杂。生活就这么简单。只需以超然自控的态度面对一切。在任何情况下都保持稳定。让我们充满爱心和责任感。为此，我们必须看到每个人、每件事物中的神力。我们既不是身体，也不是心灵。我们都是所有的灵魂，是一个巨大的宇宙质量或力量的一部分。让我们以净化的思想和行为生活。爱我们的同胞只是普世的宗教。毕竟生命是短暂的，何必为琐事而争吵。我们空手而来，离开时身无分文。那么为什么要让我们短暂而暂时的生活变得复杂呢？让我们传播爱与团结的芬芳。

颂扬我的朋友

你的爱的芬芳
像微风一样吹拂
时间和距离
从未成为障碍
我们选择了彼此
在数以百万计的人中
你是上帝赐给我的礼物吗？
你就是
我注定要追随谁
从上一次出生到下一次出生
你坚如磐石

战胜并承受风暴
这是对你的颂歌
送给你的一份小礼物
我亲爱的朋友

第八章
我的个人经历和我的精神之旅

*作者 4 岁时的照片

我出生于 1963 年 4 月 23 日。在泰米尔纳德邦的一个名叫韦洛尔的小镇。我的祖父 J. Rama Swami 是一位精神追求者，他教导我们如何生活而不伤害任何人。他为穷人和受压迫者服务，并真正教会了我们如何在人身上看到神性。他一生中每天都练习瑜伽和冥想。他是一位诚实、勤奋的绅士。不幸的是，当我还是一个 5 岁小女孩的时候，他就去世了。就在他去世前一个月，我在家乡见到了他，在与他分离的时候，尽管我还是个小女孩，但有一句话却让我痛哭流涕，说我不会离开您，我的爷爷。虽然他已经不在人世了，但他的基因和从他的导师那里获得的知识已经传给了我。当我还是一个小女孩的时候，我总是充满创造力和想象力。我的父亲在军队服役。因此，我们被调动了好几次。我童年最美好的时光是在阿瓦多（Avado）度过的，与我的朋友 Lakshmi、Suman、Ramesh、Manjula、Parveen、Uma 和其他许多人在一起。

我在 KFVHF 学习到 13 岁，之后转到 Bhuj。

那里有出色的老师，把我们教导得非常出色。梵语是我们的第三种语言。《薄伽梵歌》中的 20 节诗句给我留下了深刻的印象。我不断大声地重复这句话。克里希纳神成了我最喜欢的神。我希望按照《薄伽梵歌》来度过我的一生。21 岁的时候，我在安得拉邦银行找到了一份见习职员的工作。但我的心中始终存在着对上帝的精神探索以及对《薄伽梵歌》的追寻。1986 年那时候，精神导师的数量还没有现在那么多。我想每天练习冥想。每次我打坐的时候，思绪就会纷飞，噪音也会很大。我感到非常绝望。

作为一名见习警官，我很高兴能够打破父亲的正统枷锁。

我感到自己很独立，在 21 岁时就能自力更生对我来说绝对是一项成就。那时候的妇女没有得到自由，只有不到 10% 的妇女出去工作。在这样的时期，我为自己能独自从孟买到金奈再返回、独自生活、独立面对军官生涯中的新挑战而感到自豪。分行的副经理是个很严厉的人，做什么事都会批评我。远离家乡，在陌生人之中生活和工作，这对我来说很艰难。有些人甚至试图将我赶出工作岗位。

六个月后，我的第二个驻地是海得拉巴的马拉克佩特。虽然同事们都很正常，但我在家里却经历了可怕甚至相当可怕的事情。我作为一名付费客人住在一所只有一位老太太和她的孙女的房子里。他们给了我一间单独的房间，里面有一张婴儿床和梳妆台。正是在这里，我得到了一些奇怪的经历。每天晚上每当时钟敲响 12 点的时候，一缕头发就会在媒体上方飞舞，让人感到十分恐惧。为了避免这些场景，我开始晚睡到凌晨两三点。突然，他们把我一个人留在家里一个星期。我勇敢的面对了整整一周。有一天，当我打扫他们的房子时，我在一个盒子里发现了一大把长头发。当房主回来时，我向他们询问了头发的情况，并告诉了她我每晚都面对的噩梦。令我惊讶和震惊的是，他们告诉我，女孩的母亲自焚自杀，死在我每天睡觉的同一张床上。那头长发也属于同一个女人。无论如何，我在那里的任职即将结束，我高高兴兴地离开那里，回到了钦奈父母的家。与此同时，我结婚了，一年后我必须重返海得拉巴参加确认考试。但最让人震惊的是，鬼魂在 12 点时又回来了。点。我甚至还没有闭上眼睛，就看见一位长发女人坐在我旁边。我吓得尖叫起来。

但经过这次事件之后，我的行为发生了很大的改变。我感到孤独，各种情绪经常爆发。婚后生活彻底改变了。这是一个全新的氛围，那些日子里亲戚们并不那么支持我。由于无力应付家庭事务，加上办公室压力巨大，我感觉自己迷失在忙碌的世界中，没有朋友。我患有因荷尔蒙变化引起的经前紧张症。我的宝宝太小了，又做了两次手术，这让我更加沮丧。我感到自己不适合结婚和过这种忙碌的生活。我想加入特蕾莎修女创办的仁爱传教修会，为穷人服务。

我试图逃往加尔各答，但命运很仁慈，让我在最后一刻错过了火车。

正是在那时，我决定以一个新的角度面对生活。勇敢面对一切，不要逃避。我特别感谢麦拉波尔分行的朋友们，他们向我介绍了罗摩克里希那·穆特（Ramakrishna Mutt）和斯瓦米·维韦卡南达（Swami Vivekananda）的书籍。我经常拜访 Mutt 并阅读 Swami-ji 的巨著，这使我的生活发生了翻天覆地的变化。我于 1989 年开始正式进行超觉冥想。印心的时候，我看见有一只大手在祝福我。毗湿奴神与艾德萨莎一同出现。在看到这些独特的景象后，我开始认真地进行冥想。1994 年，我跟随 Rama Krishna Math 的 Swami Buteshanandji 学习了冥想。我还阅读了 Rama Krishna Paramahamsa 的人生故事，甚至接受了 Swami Gautamananda 的咨询。那些日子里，我感觉非常孤独，有一整夜我痛哭流涕，只为看到上帝的景象，我看到婴儿克里希纳坐在我旁边。

渐渐地我开始分析自己，写下我的优点和缺点。我尝试按照《薄伽梵歌》生活。但过度的压制只会导致相反的结果。在我的人生体验中我学到了很多东西。1994年父亲去世后，我被转移到一个叫皮查图尔（Pichatur）的村庄。在这里我有机会攀登蒂鲁马拉山——文卡特斯瓦拉神的居所至少 9 次。在这里我再次认识了伟大的化身 shirdi sai baba。有一天，当我攀登蒂鲁马拉山时，我想检验上帝的存在。由于我独自一人，我向上帝祈祷，希望他能给我他的启示。令人惊讶的是，一位长相像 Shirdi Baba 的人坐在台阶上，给我提供了所需的视力。我太害怕了，根本不敢靠近他。

我于 1998 年从 Pichatur 回来并有机会学习更多的冥想。一方面，我学习瑜伽和冥想，另一方面，我也要面对同样具有挑战性的问题。我始终决定，无论在什么情况下都要保持稳定。当然也有一些支持我的同事，给了我很大帮助。

还有一件事令人难以置信。一个晴朗的星期六下午，我从办公室返回钦奈一个叫马杜拉沃耶尔（Maduravoyal）的地方的公交车站。一头大牛被拴在附近的柱子上。我心不在焉地走到牛旁边，很快发现自己在一瞬间就被举起来了。我在我的胃附近发现了牛角。我好不容易鼓起勇气，推开了牛角，双腿颤抖地倒在地上。我开始用尽全力逃离那个地方。由于牛被拴着，所以它没有追我。

直到今天，我仍然能够保持心态稳定和自我控制，尽管有时我会偏离轨道并爆发出各种情绪。

这本书本身就是向人类分享我的知识和经验的一种奉献。尽管我们的生活受命运支配，但一切都掌握在我们手中。只要我们有坚强的意志并且相信自然或宇宙的力量，我们就能成功地摆脱任何困境。我们必须向上帝臣服，并在我们所做的一切事情中看到神性。人们可能会批评和侮辱我们，但我们的意识知道，我们始终走在精神道路上。

第九章
斯瓦米·维韦卡南达

本章专门献给我的精神导师斯瓦米·维韦卡南达（Swami Vivekananda）。如今，人们以宗教和精神的名义进行着许多喧嚣。人们把教育和宗教商业化了。宗教也被用来推动政治。印度教的本质已经变得非常糟糕。现在是让人们铭记斯瓦米·维韦卡南达（Swami Vivekananda）和罗摩克里希纳·帕拉玛罕萨（Ramakrishna Paramahamsa）伟大灵魂的时候了。我感谢这些伟大的灵魂塑造了我内心的平静与安宁。

斯瓦米·维韦卡南达于 1863 年 1 月 12 日出生于加尔各答。他的名字是 Narendranath Datta。他出生于 Maha Sankranthi 日，他的母亲非常虔诚，并且是湿婆神的虔诚信徒。小时候，纳伦德拉总是焦躁不安、精力充沛，他的母亲很难控制他。作为一名学生，他表现出杰出的才华和智慧以及领导才能。即使还是个小男孩，他就觉得所有人都是一体的。他的方法科学且具有分析性。他从不仅仅因为书中写了什么或者哪位伟人讲过什么就相信任何事情。他只是亲自测试了一下才确认的。长大后，他成为了一个对音乐、戏剧、体育和阅读感兴趣的年轻人。他博学多识，阅历广泛，是一位知识的宝库。

在他的童年时期，他也表现出深度冥想的迹象。事实上，他在 15 岁时就经历了第一次精神上的狂喜。

他与拉玛克里希纳帕拉玛罕萨的第一次会面是他人生的转折点。与同龄的许多人不同，他是一个纯洁、贞洁的男孩，这一点在他母亲的教导下体现得淋漓尽致。他纯洁而深刻的自我始终被弃绝的生活所吸引。他的精神导师室利·罗摩克里希纳 (Sri Ramakrishna) 非常喜欢他。这是两人之间永恒的爱与忠诚的纽带。年轻的纳伦德拉的目标是认识上帝，为此，他接受了罗摩克里希纳的指示和指导。当罗摩克里希纳 (Shri Ramakrishnas) 第一次见到年轻的纳伦时，他感到无比的喜悦。看起来前者已经寻找了他好几年了。罗摩克里希纳逐渐对年轻的纳伦德拉进行训练，使得他在冥想时能够感觉到自己的身体与灵魂分离。虽然外在的精神斗争是由纳伦承担的，但真正的内心转变是由他的师父完成的。纳伦早年失去了父亲，家中还有一大堆债务需要偿还。他生活在极度贫困之中，心情十分沮丧，甚至怀疑上帝是否真的存在。正是在那个时候。在一个雨天，他获得了一些精神体验，他感觉自己生活中的所有问题都得到了答案，所有的谜团都被一层层揭开。

经过这次启示后，他的生活态度发生了改变。他坚信自己的一生要成为一名僧人，为人类服务。作为人类，我们最需要的是真正的大师的指导。那位伟大的上师就是 Sri Rama Krishna Paramahamsa，他将自己所有的知识和精神训练传授给了他真诚的信徒纳伦（Naren），纳伦后来成为了斯瓦米·维韦卡南达（Swami Vivekananda）。

尽管年轻的纳伦基本上不相信仪式、礼拜和偶像崇拜，但罗摩克里希纳却逐渐引导他崇拜宇宙母亲。由于纳伦（Naren）生活极度贫困，因此室利罗摩克里希纳（Sri Ramakrishna）要求他为自己的世俗利益祈祷。但每次接近女神时，他的心中只想着祈祷精神上的升华。年轻的纳伦德拉（Narendra）始终思想纯洁，他也以同样的方式指导罗摩克里希那（Ramakrishna）手下的其他男孩。他坚持贞洁、纯洁、自制和克制。罗摩克里希那的教义主要围绕对上帝的爱以及对人类的爱和服务，他看到万物皆有神性。他们一再强调，真正的灵性是消除世俗倾向并发展人类更高级的天性。

罗摩克里希纳（Shri Ramakrishna）发起了几项活动。让年轻弟子进入寺院生活，让纳伦成为领导者。于是他亲自创立了罗摩克里希纳僧团。

斯瓦米吉（Swamiji）作为一名云游僧人，从喜马拉雅山来到坎亚库马里。他坐在岩石上，对这个国家怀有深切的感情。他是一位爱国者，也是一位先知。看到普通民众在富人和所谓领导人的手中处于贫困和无助的状态，他的内心痛苦不已。他想把我们国家的荣耀带给外界。他代表印度教和印度出席了在芝加哥举行的宗教议会。

我即将出版的书中将重点介绍他为人类服务的更多细节。

让我们以斯瓦米吉的一句话来结束这本书："真正的自由和幸福只有个人才能获得，而不能由整个群众获得"。

第十章
结论

我以此结束本书。祝大家有个美好的未来。

让我们记住要有纯洁的思想。因为个体思想总是与宇宙思想保持着交流。我们的思想无疑为浩瀚的宇宙精神海洋做出了贡献。给社会带来和平、和谐并充满爱和幸福最终取决于我们自己。我们必须有意识地在每件事、每个人身上看到神性。这是最高级别的修行。实践这一点本身将会净化你的态度、信仰和观点。

记住，我们既不是身体，也不是心灵。我们本质上都是看不见的灵魂的永恒。这个身体在每次出生时都会被毁坏。我们的思想以业力的形式得到传承，努力过上稳定、自控的生活，并在任何地方、每个人身上都看到神性。我们正在向普遍真理迈进。我们可能无法在一生中成功达到平衡。但我们的灵魂不断迈向下一阶段，以获得更好的存在并与宇宙自然融合。众所周知，自然界到处都是统一的，上帝或宇宙力量也是一个。为了方便起见，我们将它们分为不同的名称和宗教。让我们共同迈向一个普世的宗教，那就是爱。神圣的爱情不容讨价还价。神圣的爱就像蜡烛，照亮别人、服务别人。原谅自己，拓展自己的小我，以包容整个宇宙。在任何地方、任何事物中都能看到神性。渐渐地你就能感受到神圣之爱的温暖。

很快我们会在另一个项目中与大家见面。

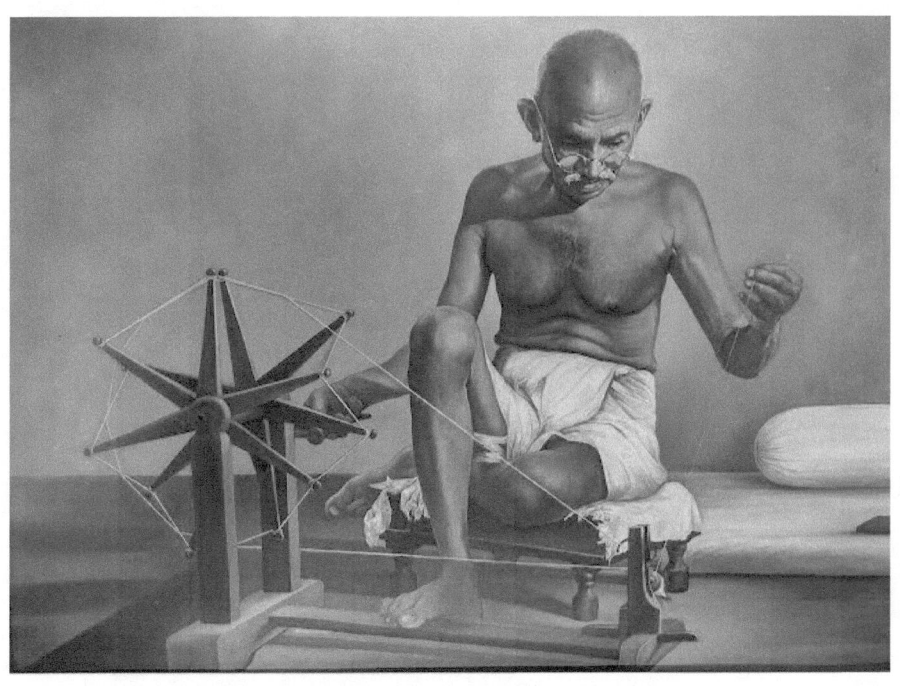

神的旨意

吉塔·拉梅什

神的旨意

吉塔·拉梅什

神的旨意